輕鬆學作文

日記及綜合篇

何捷　著

商務印書館

責任編輯　毛宇軒
裝幀設計　涂　慧
排　　版　高向明
責任校對　趙會明
印　　務　龍寶祺

輕鬆學作文・日記及綜合篇

作　　者　何　捷
繪　　畫　奧東動漫
出　　版　商務印書館（香港）有限公司
　　　　　香港筲箕灣耀興道 3 號東滙廣場 8 樓
　　　　　http://www.commercialpress.com.hk
發　　行　香港聯合書刊物流有限公司
　　　　　香港新界荃灣德士古道 220-248 號荃灣工業中心 16 樓
印　　刷　嘉昱有限公司
　　　　　香港九龍新蒲崗大有街 26-28 號天虹大廈 7 字樓
版　　次　2024 年 2 月第 1 版第 1 次印刷
　　　　　© 2024 商務印書館（香港）有限公司
　　　　　ISBN 978 962 07 4680 2
　　　　　Printed in Hong Kong

作文派英雄卡

油菜花

作文派三弟子。冰雪聰明，內外兼修，最擅長舉一反三，作文功力勝於兩位師兄。

至尊飽

作文派二弟子。善良老實，為人仗義，軟肋是貪吃。

小可樂

作文派大弟子。機智勇敢，勤學肯練，好奇心強，遇到高強的作文功夫就走不動路，不學到手不罷休。

東寫

西讀

章真人

萬花筒

包打聽

觀海　　看山

白日夢

唐三百

景語大師

華小仙

老頑童

梅

松

馬優

王大蟲

竹

一修大師

肖遙

日記篇

目 錄

綜合篇

日記篇

第七十三回

日記開弓三支箭

日期、星期、天氣三要素

日期星期和天氣，三個信息別忘記。
日記格式很重要，開弓三箭不可棄。

　　當代著名語言學家、教育家張志公曾說：「日記的價值不僅表現在寫的當時，更表現在若干時間之後。」若干年後，風和日麗時，拿出多年前寫的日記，卻發現對於泛黃紙頁上記錄的糗事的記憶已經有些模糊。這個時候，去查看一下日記的日期、星期和天氣吧，你會神奇地發現，那些落了灰的記憶，會瞬間被那些看似平淡的數字擦拭得熠熠發光。所以，寫日記時，千萬別忘記寫上日期、星期、天氣，那不僅僅只是格式，更是多年後你開啟記憶的鑰匙。

送走了江湖同道，東寫、西讀兩位師父把三位愛徒叫到了大廳裏，準備安排接下來的修行。

你們三人在這段時間表現不錯。

小可樂，你與剛加入作文派時好奇好動的你相比，成熟了不少，越來越有了大師兄的樣子。

至尊飽，你在敦厚老實的性格之上，又平添一份勇氣，也有很大的進步。

油菜花，你的冰雪聰明讓你一如既往地扮演着智囊的角色。你們三個的表現讓為師很驕傲。

謝謝師父誇獎。

咳

但是，注意這個「但是」！

想要真正戰勝烏龍教，你們的功力還需要更大的提升。我們兩位師父也為你們總結了一些經驗教訓。

想要打敗烏龍教，就要全面掌握各種類型的作文，雖然記敘文是作文的基礎，佔據了作文江湖的半壁江山，但我們也不能忽視說明文、實用文等其他文體。從今天開始，你們將進入一級戰備狀態。

我們將對你們展開魔鬼訓練，專門訓練你們的實用文功夫！

魔鬼訓練？應該不用捱餓吧？

假如你無法順利完成訓練任務，恐怕連飯都沒得吃了！

好啦，我們要學習的實用文功夫，就是「日記九箭」！

日記九箭？

小可樂還記得大熊老師曾給同學們佈置過寫日記的作業。雖然是假期佈置的，但還是愁壞了包括他在內的許多小朋友。

日記

傳授功夫之前，你們今晚先寫一篇日記看看。

日記，當然是記錄當天發生的事情啦！你們就在「勤寫閣」把今日發生的事寫下來吧。明天一早，我們再來看看你們寫得如何，再正式傳授你們「日記九箭」！

今晚就寫？寫甚麼呢？

當晚，「勤寫閣」的油燈一直燃到深夜。

不錯嘛，誰先來展示？

身為大師兄，還是我先來吧！

今日，是作文江湖召開武林大會的日子，整個作文江湖裏的武林高手幾乎都來了。四大門派的幾位掌門帶着各自的徒兒來到了我們作文派。整座山頭張燈結彩，人山人海，大家都歡欣鼓舞，興奮莫名⋯⋯

等一等。

小可樂，你覺不覺得你的日記少了點甚麼？

少了甚麼？

格式啊！日記可是有固定格式的！

日記，就是按照日子來記錄的，在每一篇日記的開頭，都有固定的格式，必須依次寫上年月日、星期、天氣這三樣信息。其實，這就是「日記九箭」中的「開弓三支箭」！

×××年××月××日

星期× 天氣

……

啊，是我糊塗了，忘了還有這件事！

祕笈點撥

　　日記，是按照日子來記錄事情的一種實用文。每一種實用文都有一定的格式，日記的開頭也有固定的格式哦！

　　請你記得依次寫上：

1. 日期
2. 星期幾
3. 天氣

用武之地

　　少俠，從今天開始，你就要學習「日記九箭」啦！而這一套箭法的基本功，就是「開弓三支箭」。在去靶場前，我們一定要先打好基礎。

　　請試寫一段日記，內容自定，注意日記開頭的三個信息的格式。

第七十四回

造箭選材當取輕

日記的事例要「小而美」

日記選材如造箭，注重輕小和靈便。
學會細嚼和慢咽，當從小處來着眼。

　　小事總是很苦惱：為甚麼大事每次都可以如此風光？火箭飛船發射有它，大橋建成有它，疫苗發明成功有它。而自己被提起都是因為一些雞毛蒜皮的事情：今天張三的杯子被打碎了，明天李四的作業本忘帶了，後天王五的手指被門夾到了……直到有一天，它無意間發現了一個好地方——日記本。日記本裏，全都是小事，但是每一件都被寫日記的人視若珍寶。那一刻，它恍然大悟：原來自己也很重要，正是因為有了看似微不足道的小事，生活才有了溫度。

在解決了日記格式後，小可樂一鼓作氣，將日記讀完了。

不錯，確實把事情都完整地記錄下來了，算是一篇合格的日記啦。

來，阿飽，來讀讀你的日記。

呃。

好餓呀。

為了吃飯，要趕快通過才行。

××××年××月××日
星期五 天氣：晴

　　今天，是我們召開武林大會的日子。四大門派的武林前輩和好多作文江湖裏的朋友都來到了我們作文派。然而，好景不長，烏龍教的「四大天王」來到了山下，他們擺下了「說明八陣圖」，要和我們武林正派一決雌雄。

　　石陣分別以天、地、風、雲、龍、虎、鳥、蛇命名，變化萬端，可擋十萬精兵。而說到兵法，那也是我們中國古代軍事家們智慧的結晶……

　　說到這「說明八陣圖」，從字面上看，乃是模仿三國時諸葛亮所創設的「八陣圖」這種陣法。八陣圖相傳是諸葛亮禦敵時以亂石堆成的石陣。

停，你的日記有個大問題。

我這裏剛好有一篇日記，作者和你犯了同樣的毛病。

啊？

××××年××月××日
星期二 天氣：晴
　今天，我們在學校上科學課。科學老師向我們展示了中國地圖，原來我們國家的國土面積是世界第三。我感受到了祖國的強大。中國，幅員遼闊，佔地面積約九百六十萬平方千米，而且歷史悠久，有上下五千年。在中國的歷史上，出現過許多強盛的王朝……

夏　商　周　秦　漢　唐　宋

在解決這個問題之前，我想先問問你們，射箭，最需要的是甚麼？

力氣？

技巧？

……

都不對。

是要有足夠的箭啊！

既然要學「日記九箭」，自然少不了用箭。所以，你們要先學着如何造箭。

請在這些圓木中挑選出可以用來造箭的吧！

我選這個。

我選這個。

我選這個。

嗯，不錯。

果然，你的問題出在這兒。剛才的那篇日記，也存在着同樣的問題。

造箭之前，選材是關鍵。而你寫日記的問題，就是選材不當。箭，是一種用於遠距離射擊的兵器，所以造箭的選材越輕越小越合適。

日記也是如此，它記錄着你的生活，你就應該多着眼於你自己生活中的小細節，從中發掘出寫日記的材料。選材要做到八個字——舉重若輕，以小見大。

我懂了。

二師兄的這篇日記和那篇看地圖讚祖國的日記一樣，前頭還在寫自己的生活見聞，到後面，則開始大談軍事兵法、國家形勢、地理歷史。

主題越寫越大，選材也越來越重，變得越來越不像日記。就像阿飽挑的這根圓木，雖然材料很好，卻並不適合造箭。箭，還是要輕、靈、小、快些才好。

我也學到了，日記嘛，還是要貼近自己的個人生活，從小處着眼，以記錄自己的見聞為主。

如果文中添加了太多其他的東西，就變味了，像是在寫說明文或議論文。

阿飽師弟，你寫東西就像你吃東西，經常貪多求大，其實少吃多餐、細嚼慢咽才是正確的。

……

說到吃，咱們啥時候開飯啊？

祕笈點撥

　　生活中的小細節，都可以成為我們日記的素材。用日記記錄生活，選材應從小處着眼，以寫自己的見聞為主，做到「舉重若輕，以小見大」。

用武之地

　　「工欲善其事，必先利其器」，少俠，要學好這套「日記九箭」，必得先會造箭。想要造箭，選材是關鍵！

　　請記錄下若干件可以寫入日記中的素材，做到以小見大，舉重若輕。

_____

_____

_____

_____

_____

_____

_____

第七十五回

入木三分快準狠

觀察要細緻而深入

> 觀察先要學會準，射出箭來力道穩。
> 命中靶心還不夠，入木三分威力猛。

$$1.01^{365} = 37.8$$
$$0.99^{365} = 0.03$$

你是否看過上面這個公式？雖然原始數字只相差了 0.02，但日積月累之後，最後的差別已經超過了 1000 倍。對於觀察來說也一樣，偶爾一次的粗略或細緻，似乎並沒有太大的區別，但是隨着時間的推移，養成了不同的觀察習慣以後，觀察的結果就會有天壤之別。所以，觀察不僅僅要用眼睛，還得用心；不僅僅要看整體，還要留心局部。這樣才能在觀察中尋找奧祕，在奧祕中尋找快樂。

你們先抽個簽吧。

日記大致可以分為三種 —— 觀察日記、生活日記、隨感日記。剩下的六招箭術,每一種都剛好對應其中的兩箭。你們抽籤後,看看自己先學哪一種。

我的是觀察日記。

我的是生活日記。

我的是隨感日記。

今天我們把箭術的套路傳授給你們,你們就開始各自練習吧。

自從抽中觀察日記,油菜花開始在作文派四處轉悠起來,因為學習「觀察日記二箭」的第一步,就是要先挑選一個觀察的對象,鍛煉眼力。

她選定了栽在「多讀軒」外的蝴蝶蘭。

經過觀察後，她拿着箭來到靶場。

呼！

一箭正中靶心，一篇日記隨之出現。

×××× 年 ×× 月 ×× 日
星期一　天氣：多雲

東寫師父在「多讀軒」外栽了一盆蝴蝶蘭。今天，我坐在蝴蝶蘭前欣賞着它的美。

我發現蝴蝶蘭的葉子十分細長。每朵的花瓣都為三片，每一瓣上有兩種顏色，外面是瑩白色的，裏面則是淡紫色的。每一朵花遠看都像蝴蝶一樣，難怪人們稱它為「蝴蝶蘭」啊！我把頭湊過去聞一聞，聞到了一股淡淡的香味。我又伸手摸了摸它的花瓣，滑滑的、軟軟的，真舒服……

呼——

難道是我力氣不夠嗎？

百思不得其解的油菜花只好先坐在台階上思考。

花花，怎麼了，遇到甚麼困難了嗎？

原來是峨眉派的華小仙來看望油菜花，油菜花十分開心。

寒暄過後，油菜花將自己練習時發生的事說了出來。

觀察景物的描寫功夫，這不正是我們寫景派的強項嗎？

我來幫你看看。

我知道問題出在哪兒了。

出在哪兒？你快說來聽聽！

首先，我要肯定你的優點。初次練成這篇觀察日記，在條理方面做得還是很不錯的。

首先，觀察了花和葉的樣子，用上了視覺；

然後，又寫到你聞它的香味，用的是嗅覺；

最後，你還伸手摸了摸花瓣，這是觸覺。

運用多種感官來全面觀察，很好。所以，你看，你的這一箭命中了靶心，方向是很準的。

那麼問題出在哪兒呢？

啪

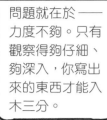

問題就在於——力度不夠。只有觀察得夠仔細、夠深入，你寫出來的東西才能入木三分。

觀察日記，往往是觀察身邊的某樣事物，不同於遊山玩水時的走馬觀花，你要更加細緻、深入地去觀察。只有這樣細緻觀察後寫出來的文字，才能化成最有殺傷力的一支箭，快、準、狠，直擊讀者內心！

油菜花一點就通，馬上又去觀察蝴蝶蘭，這次她觀察了半個時辰。

準備充分的油菜花再次朝靶心射了一箭。

啪

×××× 年 ×× 月 ×× 日
星期一　天氣：多雲

……蝴蝶蘭的葉子是長條形的，顏色碧綠，質地堅硬。它的花則是紫色，花蕊是嫩黃的小點兒。花瓣兒邊緣呈淡紫色，使花兒顯得更加嬌艷。

　　一朵朵花兒宛如一隻隻翩翩起舞的蝴蝶，我想這便是它名字的由來。它的花骨朵兒更有意思，上邊黃色，下邊嫩綠，飽滿得像是快要破裂開來似的……

咚

觀察細緻入微，文章果然入木三分！

祕笈點撥

寫觀察日記之前，要先進行仔細、深入的觀察。寫作時，要注意表達，把觀察的結果寫清楚。

1. 觀察仔細。

寫清楚觀察的對象和其外形、性質、特點等。

一位同學在觀察洋蔥的日記中寫道：「放在廚房角落裏的洋蔥，被大家遺忘了。有一天，我驚喜地發現洋蔥竟然吐出了綠色的芽兒。過了幾天，芽兒長高許多。我伸手一摸，那蔥苗比市場上的小蔥厚一些。」這裏，這位同學就觀察了洋蔥苗的顏色、厚度，還與小蔥進行了對比。

2. 觀察深入。

如果觀察的對象是動植物，還要寫出它們的生長規律、生活習性等。

觀察洋蔥的日記中，這位同學還有獨特的發現：「洋蔥苗很倔強，一個勁兒向上長，筆直、有力。有一天，我把洋蔥拿起來，讓它像個輪胎似的立住，這樣蔥苗會不會橫着長呢？誰知道，沒過幾天，那些蔥苗的生長方向拐了個彎，還是向上生長。真是神奇！」

通過深入觀察，作者寫出了自己獨特的觀察結果。這樣的日記誰不喜歡呢？

| 用武之地 |

少俠，這一招「入木三分箭」是不是很實用呢？不只是觀察日記裏用得到這招，在各種觀察類作文裏，都需要注意細緻觀察，做到快、準、狠。

請細緻觀察家中某樣事物，並試寫一段文字，做到觀察細緻深入，表達入木三分。

_____

_____

_____

_____

_____

_____

_____

_____

_____

_____

第七十六回

領悟諸葛連珠箭

持續多日的長期觀察

諸葛孔明造連弩，數箭連發威力大。
長期觀察尋變化，找到規律文更佳。

變色龍非常苦惱，因為它總是變來變去，所以每次小朋友們來到動物園的時候，都不願意觀察它。直到有一天，來了一個小男孩，他每天總是在同一個時間來到同一個地方看望它，並且還不忘在帶來的筆記本上寫寫畫畫。終於，它的變化規律被小男孩發現了：變色龍的膚色會隨着背景、溫度和心情的變化而改變。原來，觀察可以不止一次，堅持對一樣事物進行持續的觀察，會有不一樣的發現！

練成了第一招，油菜花開始迫不及待地學習第二招箭法。華小仙也留下來，幫助她一起研究。

你看，這是第二招的祕笈。

這個人不就是諸葛孔明嗎？他手中拿着的，應該是一把「諸葛連弩」吧？

這幅畫想告訴我們甚麼呢？

兩個小姑娘苦思冥想，可是一直到夜幕降臨，都無法參透其中的奧祕。

第二天，油菜花和華小仙早早地起牀，又來到「多讀軒」外觀察。

花花，快看這裏！

這朵蝴蝶蘭，昨天還是個花骨朵兒，今天就開了。

是啊，昨天還是含苞待放的樣子，今天就變成了另外一副模樣。

有了！

於是，油菜花又對蝴蝶蘭觀察了兩日，並進行了總結。

第三日，她們來到靶場。

呼—

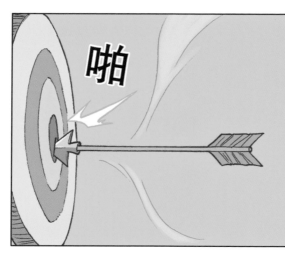

××××年××月××日
星期二　天氣：多雲

　　星期二，東寫師父在「多讀軒」外栽種的蝴蝶蘭的一個花苞的花萼打開了。打開的時候，是這樣的：這朵蝴蝶蘭中央的花蕾向上朝着尖頂，五彩繽紛的花瓣像孔雀開屏一般，向四方展開。而花萼像一位把頭和四肢都蜷縮起來躲在角落裏的小姑娘。但是，除了這朵花開了之外，其他的都還只是些含苞欲放的花骨朵兒……

××××年××月××日
星期三　天氣：晴

　　星期三，我發現昨天的那個初開的蝴蝶蘭開得更大了，但是，它的花瓣大部分卻都捲起來了，可能因為剛剛接觸到外界強烈變化的氣溫，有些不適應，覺得有一點冷，所以花瓣微微捲了起來，似乎想保溫。我摸了摸花萼，確實有點冰涼涼的，又摸了摸捲起來的花瓣，卻發現有點溫熱。除此之外，其他的花苞也已經漸次打開，越來越多的蝴蝶蘭展開了她們的笑顏……

××××年××月××日
星期四　天氣：小雨

　　今天，天空中下起了蒙蒙的細雨，給蝴蝶蘭蒙上了一層細密的水珠。我撐着傘繼續觀察着這盆蝴蝶蘭，發現上面大部分的花苞都開了，昨天捲起來的花瓣也有一小半舒展開了。這時，東寫師父經過我的身邊，誇讚了我：「風雨無阻，你觀察得真用心。」我聽了覺得很高興……

花花，太好了，你總算練成了「諸葛連珠箭」！

這多虧了你的提醒，我才明白第二箭的奧祕！

太棒了！

啪啪

師父！

真是精彩！

你們看明白了嗎？

明白了！

這招是「諸葛連珠箭」，就是連續發箭，數箭並出，威力倍增。

應用到日記裏，就是通過對某樣東西連續多日的觀察，發現其變化，找到規律，再寫出一組觀察日記。

至尊飽，接下來輪到你了，開始跟為師學習寫「生活日記」吧！

……

祕笈點撥

寫連續觀察日記之前除了要做到細緻、深入之外，還要做到堅持不懈地長期觀察，每天記錄下觀察到的變化。

例如，有的同學記錄了植物三天內的變化過程：

「第一天，茉莉枝頭出現了小小的花苞。花托綠綠的，包裹着雪白的花苞……

「第三天傍晚，花苞漸漸打開，散發出濃鬱的香氣。」

用武之地

少俠，今天學的這一招「諸葛連珠箭」可是一箭接着一箭，箭勢密不透風。你看，靶子已經為你準備好了，我們趕緊在這靶場操練起來吧！

請試寫一組連續觀察日記，注意寫出你所觀察的事物的變化。

第七十七回

生活潭裏無死水

學會發現身邊的新鮮事

生活潭裏無死水,發現素材不靠嘴。
真實新鮮皆可取,尋找事例要積累。

「為甚麼大海可以波濤洶湧,小溪可以奔流不息,而我每天都待在這裏,成了一潭死水!」這已經是水潭連續抱怨的第三十三天了,大家打算一起幫幫它。夜晚,青蛙「撲通」一聲跳進了水裏,灑滿月光的潭面頓時泛起了一圈圈金色的漣漪。漣漪下,成羣的小魚伴着三三兩兩的小蝦從水草中間遊過。一陣風吹過,竹葉隨風飄揚,正好落在了小蝦的頭上,變成了一頂別致的帽子。水潭被眼前的景象迷住了:沒想到,自己的身邊居然有那麼多美好的新鮮事,但是自己以前卻從未發現,也沒有及時記錄。要記住,生活中從來不缺少美,缺少的是發現美的眼睛。

……

油菜花修煉「觀察日記二箭」成功，這樣一來，壓力全都落在小可樂和至尊飽肩上。

師父，生活日記，要寫甚麼呀？

生活日記，生活裏有甚麼，你就寫甚麼嘛。

這不是廢話嗎？

就這麼簡單呀？哈哈，我果然抽到了最容易的。

次日

阿飽，你怎麼還在睡覺？你知不知道你大師兄和小師妹都已經開始練功了，快給我起來！

至尊飽起牀洗漱，打點好一切後來到靶場練箭。

生活日記不是很簡單嗎，沒問題的。

可到了靶場，至尊飽愣住了。

就像聽見大熊老師佈置日記作業時一樣，至尊飽根本不知道自己應該寫甚麼。

怎麼回事？你一箭都沒練成嗎？

師父，我以為生活日記是最好寫的，所以沒有去思考和練習。

生活日記的選材是容易，但也不能不做任何準備。任何文章，只有勤寫多練，才能寫好。算了，你現在把我給你的那本「生活日記二箭」拿出來吧。

你真是氣死我啦！

我……我忘了放在哪兒了。

練習的第一天，成了至尊飽找祕笈的一天。

終於找到了……

第二天，在靶場，至尊飽依舊是發呆。

你呀你，怎麼有了祕笈還是不會？

師父，我真不知道該寫甚麼，我在門派裏每天的生活都差不多，好像沒甚麼可寫的。

唉，也不能怪你，這是第一次寫生活日記的小朋友最常遇到的問題。你跟我來一下。

至尊飽跟着西讀師父離開靶場，來到後山的密林深處。

這汪潭水名為「生活潭」，在水面上一照，就能倒映出生活中發生過的新奇有趣的事。

哇！

是真的嗎？
我看看。

咦？這不是我昨天找
祕笈時的樣子嗎？這
也能寫？

我問你，這是不是昨天剛剛發生的一件真
實、新鮮的事。

是。

那當然可以寫啦！

原來，只要是真實的、最
近發生的新鮮事，就可以
拿來寫成日記呀。

你看，「生活
潭」的水，永
遠都是在流動
的。生活絕不
是一潭死水。
只要善於觀察
和發現，你就
能找到生活裏
那些鮮活的日
記素材。

祕笈點撥

　　生活中的各種小事都可以寫進日記裏，只要是真實的、最近發生的新鮮事，都可以成為寫日記的素材。我們在寫這些事的時候，要有發現美的眼睛，學會從小事中尋找亮點。

　　有的同學在遊山玩水之後，在當天的日記裏寫：「池水的顏色深淺不一，由近到遠，從淺綠色變成深綠。陽光落在水面上，好像無數小精靈隨着水波跳躍，有趣極了。」這樣，雖然陽光下的池水同平時沒多大變化，但是小作者用心發現了美，找到了景色的亮點，就寫出了很不錯的日記。

用武之地

　　少俠，看到那波光蕩漾的「生活潭」了嗎？這潭水象徵着我們生活裏那些鮮活生動的事例。弱水三千，只取一瓢，取一兩件你生活中的新鮮事來記

錄一下吧！

　　請試寫出最近三天發生在你生活中的新鮮事吧！

_____

_____

_____

_____

_____

_____

_____

_____

_____

_____

_____

_____

_____

_____

_____

_____

_____

第七十八回

落花流水化行雲

消滅無關主題的廢話

莫寫落花流水賬，事無鉅細太凌亂。
不寫閒言和碎語，抓住重點才好看。

　　在賬目王國裏，大家最怕跟流水賬聊天，因為他總是一說起來就沒完沒了，並且沒有重點，別人聽完之後根本不知道他到底要表達甚麼。久而久之，他的朋友越來越少。他只好去找賬目大王，把自己的情況一五一十地說出來，希望可以得到幫助。賬目大王會心一笑，請他說一說今天發生的最難忘的事情。他剛習慣性地想從早上起牀以後做的第一件事開始細數，就聽到了賬目大王的叮囑：「記住，是最難忘的。」他頓時明白了：是啊，自己每次講話的時候，從來沒有思考過，自己最想講的是甚麼，別人最想聽的是甚麼，講了一大堆，其實很多都是廢話，想要抓住重點，就要把那些無關主題的廢話消滅了。

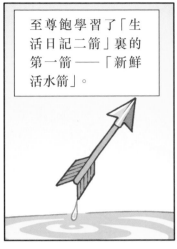

至尊飽學習了「生活日記二箭」裏的第一箭——「新鮮活水箭」。

接下來，他便留在「生活潭」邊繼續練習，西讀師父微笑地看着他勤奮的背影，放心地走了。

三天後的清晨，至尊飽早早來到練箭的靶場。

呼。

喝！

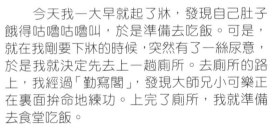

×××× 年 ×× 月 ×× 日
星期二　天氣：多雲

今天我一大早就起了牀，發現自己肚子餓得咕嚕咕嚕叫，於是準備去吃飯。可是，就在我剛要下牀的時候，突然有了一絲尿意，於是我就決定先去上一趟廁所。去廁所的路上，我經過「勤寫閣」，發現大師兄小可樂正在裏面拚命地練功。上完了廁所，我就準備去食堂吃飯。

在路上，我又經過「多讀軒」，發現西讀師父正在裏面整理圖書。到了食堂，看到東寫師父已經把早飯做好了，可是他卻不讓我吃。他告訴我，小師妹油菜花早已經起來到靶場去練箭了，說我也不能偷懶，要先練功，再吃飯……

嗖！

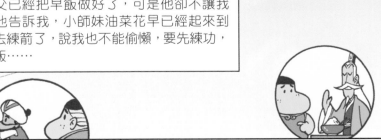

啪

！

？

啪嗒

阿飽，你的箭法跟誰學的？

沒人教我，是我自己練的。

阿飽，你不用騙師父了，你每次騙人的時候都是這副緊張的模樣。快說，到底怎麼回事？

對不起，師父，是我在「生活潭」練功的時候遇到的一個蒙面的怪人教我的，他說願意教我練箭，只是我不能告訴任何人。我想早點練成箭法，所以就答應了他。

唉，傻孩子。你能夠重承諾，守信用，這是對的。但你遇到的並不是好人。

師父，您認識他嗎？

揭曉答案前，我先幫你分析分析。你發現你的日記有甚麼問題嗎？

沒甚麼問題啊，我覺得挺流暢的。

本來不認識，但是一看他教你的箭法，我就猜到是誰了。這個蒙面人你也認識，前幾天你見過他的。

甚麼，我見過這個壞人？

是很流暢，但是，流暢也分為兩種。很久很久以前，在我們作文江湖裏，有一個「流水派」，流水派的掌門人留下了一正一邪兩種箭法，一個叫「行雲流水箭」，一個叫「落花流水箭」。其中「行雲流水箭」被我們作文派收入到「日記九箭」中，而「落花流水箭」則下落不明。

後來聽說「落花流水箭」被烏龍教「四大天王」其中的一位得到。

師父，您的意思是……

輕鬆學作文

難道，那個蒙面人是烏龍教的「四大天王」之一？

是呀！他就是「四大天王」的「平天王」。平天王的成名武功是「流水杖」，沒想到「落花流水箭」也被他得到了。你剛才的日記就是受他的影響，寫成了一篇流水賬。若是用這招「落花流水箭」去對付敵人，你非被打得落花流水不可。

那該怎麼辦？師父快救我！

不用怕，其實，可以把「落花流水」變成「行雲流水」。

你只要記住以下這「十六字箴言」：「記錄有趣，刪除無聊，不寫廢話，杜絕流水」。在一篇生活日記中，要挑選最有趣的事物進行記錄，就像射箭時力氣要集中於一點，才能射中箭靶。這便是「行雲流水箭」的祕訣。

至尊飽謹記箴言，發誓決不再寫流水賬了。

日記和一般記敍文一樣，要儘可能把文章寫得通順流暢。

首先，日記要記錄有趣，刪除無聊。日記的內容要有所取捨，生動有趣的部分要多用筆墨，平淡無聊的部分可以適當省略或者不寫。

例如，有的同學在記錄自己一天的生活時，就略過洗漱的過程，直接寫當天最有趣的事 —— 烹飪。「我想到昨天看的美食視頻就不住地咽口水，所以，我打算照着視頻裏的步驟做一做。我先把食材準備好，有紅色的火腿、綠色的春筍、黃色的粟米、白色的魔芋絲……這五顏六色的食材，令人一看就很有食慾。」

此外，一篇好的日記，還應當做到不寫廢話，杜絕流水賬。不為了拼湊字數而寫日記，只要寫得通順流暢，字數少的文章也可以是精華。

這位同學的日記內容不長，卻很通順流暢：「熱湯在鍋裏翻滾，不時冒着泡泡。我舀起一勺湯，嚐了一口。火腿的鮮鹹，裏挾着春筍的清香，被我一口吞入腹中，令我回味悠長。」

| 用武之地 |

少俠，這羣烏龍教的惡人真是太可惡了，老是搗亂。這不，「平天王」又用「落花流水箭」來影響至尊飽。我們要杜絕流水賬，消滅廢話，抓住主線去寫好一篇日記，刪掉煩瑣多餘的枝節。來，學習了這一點之後，你再試一試！

請試寫一篇日記，記錄你一天的生活，但注意不要寫成流水賬。

_____

_____

_____

_____

_____

_____

_____

_____

_____

_____

第七十九回

有感而發天地人

感悟，可遇而不可求

物華天寶樂諸星，人傑地靈笑羣英。
感悟可遇不可求，有感而發當由心。

少年不識愁滋味，愛上層樓。愛上層樓，為賦新詞強說愁。

而今識盡愁滋味，欲說還休。欲說還休，卻道天涼好個秋。

——辛棄疾《醜奴兒·書博山道中壁》

一個人的感受和感悟，應該是由心而發的。「天涼好個秋」，多麼簡單的一句話，卻是辛棄疾那時那刻最真實的感悟。有的滋味，不是時時刻刻都有，所以，產生感想的時候，要及時記下，沒有感想時，也不必「為賦新詞強說愁」。

幾天過去了，油菜花練成了「觀察日記二箭」——入木三分箭、諸葛連珠箭。

二師弟至尊飽練成了「生活日記二箭」——新鮮活水箭、行雲流水箭。

只有小可樂的修煉特別神祕。可他整日忙着練習，至尊飽和油菜花都沒有機會詢問。

其實，小可樂一箭也沒練成。

他日日研讀「隨感日記二箭」祕笈，拚命練習箭法。可那第一箭的祕笈上只寫了「天」「地」「人」三個字。小可樂苦思冥想，仍是沒能想通。

你先停一停吧！正所謂「欲速則不達」。

小師妹、二師弟都練成了，而我一箭都沒練好。

讓我這個大師兄多不好意思呀！

你抽到的「隨感日記」本來就是三類日記中最難的，所以你也別太着急嘛。

為師給你些提示吧！我問你，這「隨感日記」是甚麼意思？

隨感，隨感，我想就是隨着自己的感覺去寫的日記吧？

你說得有道理，但準確來講，隨感日記比普通的生活日記多了一些東西，那就是要寫出自己的感受，甚至是感悟。

感受？感悟？

是的，所以寫「隨感日記」是急不得的。你今天休息一下，跟着為師去感受一下生活吧！

我們每天的生活都很忙碌，很少靜下心來感受大自然。你看，這蔚藍的天空，潔白的白雲，還有嘰嘰喳喳的小鳥，是多麼歡快呀！

只有靜下心來感受，才能體會到這份快樂。

……

「靜下心」嗎？

東寫師父帶着小可樂來到後山的一座小村莊。村莊裏有田野，有池塘，有樹林，有花圃，有果園，有農家，還有許多可愛的小動物。

小可樂在這充滿田園風光的村莊裏東看看、西逛逛，既看到了花圃裏的蜜蜂採蜜，又見到池塘裏的小蝌蚪游泳。總而言之，他看到了很多之前沒有仔細去觀察的事物，也感受到了前所未有的愉悅。

田地裏，一羣村民正在鋤草、鬆土；農家裏，有好多婦人正在編織竹籃；果園裏，有多名果農正在採摘瓜果……整個村莊裏，到處都是人們辛勤勞動的身影。

原來，生活裏有這麼多可以去感受的事物啊！

隨感日記，重於一個「感」字，而一個人的感受和感悟，必須要用心去體會。

在寫隨感日記的時候，要注意：有感則發，無感則免。

感悟是可遇而不可求的，千萬不要沒感受就亂寫瞎編，那和烏龍教的壞人有甚麼區別？

因此，你的感受必須來源於生活，要真實，只有這樣，才能出彩。

靶場

小可樂閉目凝神，思如泉湧。

漂亮！

小可樂終於領悟了「有感而發箭」的威力，大家也都為他開心。

祕笈點撥

　　隨感日記，重於一個「感」字。寫隨感日記時要用心體會，做到以下兩點：

　　1. 有感則發，無感則免。

　　心中有了感受，就及時記錄下來。若是沒有感受，也不用捏造，以免使日記變得矯揉造作。

　　2. 感受真實，源於生活。

　　藝術來源於生活，又高於生活。同樣的，我們的感受也要源於生活，這樣，才能更真實、更動人。

　　有的小夥伴的隨感日記就很真實：「一聽說下週要春遊，我們班的小淘氣就在操場上奔跑起來。他一邊跑，一邊歡呼，一不小心摔了一跤。我看着他撞破的膝蓋不停地往外滲着鮮血，心中一緊。他一定覺得很疼吧！看來甚麼時候都要注意，不能『得意忘形』。」

用武之地

　　少俠，這一招「有感而發箭」講求的是有感而發、福至心靈，乃是可遇而不可求的一大絕招。若沒有幾分悟性，是萬萬學不會的。閣下身為一代作文少俠，應該經受得住考驗吧？來，弓箭在此，快來一試！

　　請試寫一篇對最近生活中的某事或某物有感而發的隨感日記。

_____

_____

_____

_____

_____

_____

_____

_____

_____

_____

_____

第八十回

年深日久射石虎

寫日記，貴在堅持與積累

李廣射虎入石中，貴在堅持不放鬆。
日積月累天天寫，年深日久方成功。

　　你有沒有想過，為自己寫一本傳記？著名作家臧克家曾說過：「寫日記，要有恆，幾十年如一日。記下個人的成績，也記下個人的得失。」寫日記，不僅僅是為了寫，還為了將匆匆而過的日子通過日記的方式留下最值得保存的部分。試想，等你老去時，還有一本本厚厚的日記，宛如傳記，記錄著你的人生點滴，是多麼有意義。所以，堅持寫日記吧，做好人生傳記的寫作者，是一件很厲害的事情。

小可樂這一箭威力十足，至尊飽驚歎不已。

師父，大師兄這一箭怎麼這麼厲害呀？

隨感日記，是在生活日記和觀察日記的基礎上，加上了自己內心深處的感受。因此，練起來雖然慢，可一旦練成，其感染力自然要高於另外兩類。

而且，有感而發，本就是偶爾發生的，不可能天天有。因此，此箭要麼不用，要麼能一箭克敵，可謂「不飛則已，一飛衝天，不鳴則已，一鳴驚人」。

這一箭，必定是「日記九箭」中的絕招！

這一箭已經如此強勁了，那最後還沒學的那一箭，又會是甚麼樣的呢？

這最後一箭可是絕招中的絕招哦！明天你們就知道了。

第二天，三位徒弟來到靶場研究最後一箭的祕笈。

......

這畫是甚麼意思呢？

老將軍？

咇！

居然射向了石頭！

嗖！

碰！

完全插到石頭裏面啦！

我想起來了，這不就是「李廣射虎」的典故嗎？

唐朝詩人盧綸就曾寫道：林暗草驚風，將軍夜引弓。平明尋白羽，沒在石棱中。

我也想起來了。漢朝的飛將軍李廣，是一位射箭的高手。有一次，他在夜裏錯將一塊巨石看成一頭猛虎，情急之下，竟然生出巨大的力氣，朝那塊巨石射出一箭。待天亮之後再去看時，才發現這一箭竟然整根插進了石頭裏，只留下了箭尾的羽毛。

不錯！這位老將軍的一箭堪比「李廣射虎」。他給你們展示的，就是「日記九箭」中的最後一箭——「年深日久箭」。

是東寫師父！

051

師父，您居然有這等功力，快教教我們！

這「年深日久箭」嘛，可學，也不好學；可教，也不易教啊！

師父，您就別賣關子了。這種壓箱底的絕技，還不快傳授給我們？

孩子們，不是我不想教給你們，只是這「年深日久箭」，顧名思義，靠的就是年深日久的堅持。

寫日記，若是真的下定決心去寫了，就要每日堅持。這絕不是一朝一夕的事。只有堅持天天寫日記，勤於動筆，才能慢慢錘煉出似老夫這般的功力。

是啊！東寫師兄他寫了幾十年，一直寫到鬍子都白了，才達到了現在「李廣射虎」的功力。你們仨，從現在開始堅持每日練習吧。

是，師父！

自此，這「日記九箭」的功夫，三位小夥伴算是全都學到了。

祕笈點撥

為甚麼很多大作家的日記寫得那麼好？原因在於年深日久的堅持。寫作沒有捷徑。唯一的提升祕訣就是：天天寫日記，每天勤動筆。

沒有誰天生就是寫作高手。只要多寫多練，寫作能力就會獲得提升。記錄身邊事，不僅可以練筆，還可以留下成長的紀念。多年後的你，在翻開這些舊日記時，一定會倍感珍惜。

用武之地

少俠，沒想到吧，這「日記九箭」的最後一箭，竟然是需要靠時間積累才能練成的「年深日久箭」。練好作文功夫，本來就不是一蹴而就、一朝一夕的事情，還需要你多多努力和堅持才行，就讓我們一步一個腳印，一起加油吧！

請試着制訂一個長期的日記寫作計劃，並且按照計劃完成它。

_____

_____

_____

_____

_____

_____

_____

_____

_____

_____

_____

_____

_____

_____

綜合篇

第八十一回

搭橋渡河進山谷

擴寫：添加材料要適量

> 擴寫河搭擴寫橋，原木之上加材料。
> 想要安全過河去，重量不多也不少。

對於廚房新手來說，很怕聽到的詞語就是「適量」。「鹽適量！」「蔥薑蒜適量！」「料酒適量！」「適量」是一個需要一定悟性才能搞懂的量詞，一旦出現，必然對廚房新手造成巨大的困惑。對於擴寫新手來說，也需要注意擴充的「適量」。只有在原文的基礎上添加「適量」的修辭、形容和描寫，才能保證文章在內容充實的基礎上不至於累贅。當然了，和中心主旨無關的廢話，也需要捨棄，避免畫蛇添足。

這一天，小可樂三人接到東寫、西讀兩位師父的飛鴿傳書。信上說，烏龍教要和名門正派決戰，「四大天王」此刻正在武陵一帶尋找「武林桃源」。

事不宜遲，馬上出發！三位小夥伴離開了相心山莊，向「武林桃源」奔去。

相傳此處乃是武林高人破萬卷、如有神兩位前輩隱居的地方。聽說，他們手上有一本囊括了天下作文功夫精髓的奇書，誰能得到，誰就可以一統作文江湖。

前面就快到兩位老前輩隱居的山谷了。

可是……

這條大河截斷了我們的道路，以我們的輕功是過不去的呀。

唉。

那邊有個人正在伐木，我們過去問一下他。

年輕人，你們要用我給你們的這幾根原木，通過添枝加葉，打造出一座能搭在河上的橋樑，才能順利渡河。

三位小夥伴上前詢問，樵夫說，這條河名叫「擴寫河」，想要渡河，必須搭一座「擴寫橋」。

多謝您了……

你先別謝我。我可提醒你們，這座「擴寫橋」不好搭。若是太輕，不夠堅固，便承載不了你們三人的體重；若是太重，添了太多無用之物，就容易坍塌。

這不就像古代提到美人時說的那句話嗎？增一分則太長，減一分則太短。上次西讀師父跟我講作文原理的時候，好像就是這麼說的。

但是，擴寫也要注意，不能夠畫蛇添足。如果擴寫了太多與中心和主旨無關的廢話，反而會使橋身加重，最後導致坍塌。

幾位少俠好悟性。既然如此，那麼就請你們開始搭橋吧！

我明白了，您其實是在告訴我們擴寫的方法 —— 擴寫，就是要在原文的基礎上增加一些修辭、形容和描寫，讓內容更加充實，血肉更加豐滿，就像在這幾段原木上增加一些材料後搭成一座橋，讓我們能夠從上面渡河。

樵夫放下幾根原木就離開了。

這幾段原木上刻着唐朝詩人張籍寫的《秋思》。

好！

三位小夥伴立刻對這首古詩進行擴寫。

嘩啦啦

油菜花擅長寫景，於是她把第一句「洛陽城裏見秋風」擴寫了一段描寫秋天時節洛陽城裏蕭瑟蕭殺的景象，生動精彩，細緻入微。

至尊飽喜歡寫事，於是他就把張籍觀秋景後思念家鄉，想要找回鄉的友人代為送信回家的事情作出了具體而詳細的描述。

呼

小可樂精於寫人，於是他用生動形象的表情、動作、語言等描寫，刻畫出了詩人張籍對家人有千言萬語說不盡的心理活動，表達出了他對家鄉和親人的無限思念之情。

三人分工合作，一座「擴寫橋」完美建成。

不好，烏龍教追過來了，我們快過河！

小可樂大手一揮，帶着師弟、師妹迅速地過橋渡河。

「擴寫橋」應聲而斷，徒留對岸的「四大天王」望河興歎。

祕笈點撥

　　擴寫，就是在原文的基礎上增加一些修辭、形容和描寫，讓內容更加充實。擴寫時要注意，不能畫蛇添足，寫太多與中心無關的話。擴寫時可採用的技巧如下：

　　1. 修辭

　　在恰當的時候運用修辭手法，讓文章中的描寫更加生動。比如，你可以擴寫古詩《靜夜思》：皎潔的月光籠罩着大地，好像仙女朝地上灑下了一層細細的白霜。

　　2. 形容

　　事物、人物、人物的心情等，都可用恰到好處的形容來增色。比如，你可以擴寫古詩《清明》：紛紛落下的雨絲為大地蒙上了一層薄紗，迷濛又憂愁。小道上三三兩兩的行人不時抬手以衣袖拂面，不知是在拭淚，還是在遮擋不停落下的雨絲。

　　這裏所寫的春雨是微小而又綿綿不絕的，適當的形容，可以讓讀者精準地感知春雨的特點。

　　3. 描寫

　　適度描寫，可以增加文章的畫面感。比如，你可

以擴寫古詩《元日》：一陣「噼裏啪啦」的爆竹聲響徹雲霄，新年的喜慶氣氛傳遍大街小巷。家家戶戶張燈結彩，好不熱鬧。高高掛在房簷下的大紅燈籠隨風搖晃，好像在傳遞新年的祝福。

這裏通過對聲音、顏色和氣氛的描寫，寫出了春節的喜慶。

用武之地

少俠，你學會如何在這條「擴寫河」上搭一座「擴寫橋」了嗎？其實，像這樣的擴寫河啊，還有好多條，趕快來挑戰一下吧！

請選擇以下三首詩中的一首，擴寫成一篇小故事。

李白《贈汪倫》

杜甫《春夜喜雨》

賈島《尋隱者不遇》

第八十二回

縮骨大法入石門

縮寫：概括、摘要、刪減

縮寫大道一線天，縮骨神功入此間。
概括摘要皆可過，還有一招叫刪減。

　　有句俗話叫「濃縮的就是精華」。古今中外有很多關於「濃縮的就是精華」的例子：陳子昂一生無太多名篇，但他在《登幽州台歌》中寫下的「前不見古人，後不見來者。念天地之悠悠，獨愴然而涕下」，以簡練的文字把懷古傷今的悲歎發揮到了極致，成了千古絕唱；牛頓的科學實驗成果被歸納成三大定律和《自然哲學的數學原理》專著……

　　一個真正懂得寫作的人必將文字千錘百煉，如同將十碗藥熬成一碗藥，才能達到預期的藝術效果；一個立志鑽研自然科學的人，必定經過夜以繼日的反覆驗證，才能把得到的結論公之於眾。

過了「擴寫河」，三人繼續前行，來到了一個山谷小路。

這山谷的路怎麼越走越窄呀？

再走下去就要一個人一個人地側身走了。

吧唧　吧唧

……

？

大師兄你們快看，這塊石頭上刻着字！

歡迎來到「縮寫大道」

如果您未掌握武林失傳多年的「縮骨大法」，那麼就請回頭吧，因為您是絕對過不去的！

千萬別按我 ⇨

這麼窄的路，也好意思自稱「大道」？

這裏有個按鈕！

阿飽

千萬別按我

咳咳咳……我的天！阿飽，看你幹的好事！

這下好了，連「大道」也沒有了，只剩下一堵「南牆」，成了死胡同了。

呼——

咦，這門上也有字。

這上面刻的是經典課文《猴王出世》的原文，下面還有一行字——「請將這篇文章縮寫成 100 字的簡寫版」。

這下面倒是有個洞，可是也太小了。

師兄，看來我們練的「縮骨大法」要派上用場了。

幸好東寫、西讀兩位師父曾經教過我們。現在就看你們還記不記得「縮骨大法」的那三招了！

三招？哪三招啊？

概括訣！

「縮骨大法」有載，縮寫的方法有很多，但常見的有三種。我用的這一種叫「概括訣」，是將原文的主要內容用精練的語言概括出來，省略那些不重要的情節或細節，自然就能成功「縮骨」，安然通過。

小可樂身形一閃，化作一道金光，一下子就從那口小洞裏鑽了過去。

留下一篇不到百字的縮寫版《猴王出世》，內容精煉概括成了石猴誕生、跳水簾洞、當美猴王這三個環節。

咦，小師妹哪去了？

哇！小師妹，你也過來啦，動作好快！

大師兄，除了「概括訣」之外，還可以用「摘要訣」啊！

把文中最重要的信息保留下來，比如作文六要素——時間、地點、人物、起因、經過、結果，再用銜接過渡的關聯詞連綴起來，就是一篇新的縮寫了。

師父們確實教過，但我記不清了。那時候我在忙著偷吃雞腿，沒注意聽講……

阿飽，你該減肥啦！

減肥！我明白了！多謝大師兄和小師妹的提醒！

至尊飽施展「縮骨大法」，也穿過了小洞。

我用的是「刪減訣」！把那些不影響主要內容的細節、形容及描寫的部分——刪去，只留下主干，這樣就能夠成功「縮骨」啦！

難得你還記得。等回到山上，可別忘了對你自己的飲食用一用這「刪減訣」咯！

啊？不要啊！大師兄！

祕笈點撥

縮寫是鍛煉概括能力的寫作形式。常見的縮寫方法有以下三種：

1. 概括法

概括原文主要內容，省略不太重要的情節或細節。比如課文《獵人海力布》的前三段可以簡單概括為：「從前，有個叫海力布的獵人救下了一條小白蛇。」

2. 摘要法

保留文中最重要的信息，比如作文六要素 —— 時間、地點、人物、起因、經過、結果，再用銜接過渡的關聯詞連綴起來。

《獵人海力布》的篇幅很長，我們可以提煉主要信息：海力布救下小白蛇；龍王將寶石送給海力布；海力布把怎麼得到寶石，怎麼聽見一羣鳥議論避難以及為甚麼不能把聽來的消息告訴別人都照實說了；海力布變成了石頭。接下來，你可以用銜接語將這些要素連成通順的話，形成一篇完整的縮寫。

3. 刪減法

刪減不影響主要內容的細節和一些形容及描寫的部分，留下主干。

在嘗試進行縮寫時,《獵人海力布》中的人物對話就可以適當刪減。

用武之地

少俠,這「縮寫大道」裏的「一線天」還真是險之又險啊。快用你新學會的「縮骨大法」來試一試吧!

請將這一回的故事縮寫成 150 個字以內的梗概。

_____

_____

_____

_____

_____

_____

_____

_____

_____

_____

第八十三回

脫胎換骨易筋經

改寫：內容不變形式變

脫胎換骨易筋經，只改皮肉不變心。
體裁人稱和順序，改寫何物要看清。

在土豆王國裏，人們只有一種食物——土豆，大家一日三餐都是吃燉土豆。有一天，土豆王國的大廚不小心摔了一跤，將燉好的土豆壓成了泥，意外地發現了土豆的第二種吃法——土豆泥。這個偉大的發現，為土豆王國打開了新大陸，從此以後，人們的餐桌上陸續出現了土豆片、土豆餅、土豆條、土豆絲，鹹香的、酸辣的、香辣的應有盡有。其實，寫作文的時候，我們也可以在保證內容的前提下，試着從體裁、人稱、敘事順序等多個方面對文章的形式進行改變，也許會有不一樣的驚喜喲！

渡過了水流湍急的「擴寫橋」，穿過了狹窄險峻的「縮寫大道」，三位小夥伴的眼前豁然開朗，終於來到了「武林桃源」。

「武林桃源」背靠着「得吾山」，坐落於「惜也谷」，風光秀美，與世隔絕，一派田園景象。

老先生，您好！請問您知道「破萬卷」和「如有神」兩位老前輩在何處嗎？

幾位小朋友，老夫就是破萬卷。你們找我有甚麼事嗎？

甚麼？您就是破萬卷老前輩？

怎麼？老夫看上去不像嗎？

拍

071

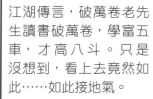

江湖傳言，破萬卷老先生讀書破萬卷，學富五車，才高八斗。只是沒想到，看上去竟然如此……如此接地氣。

哈哈哈，不愧是作文派的高徒。你們倒是很善於觀察，但是千萬不要以貌取人哦！

老夫既然名叫破萬卷，自然是把萬卷書讀破了。既然書都已讀破，哪裏還有書可讀呢？

話又說回來，古人云：晴耕雨讀。這可是大智慧呀！我可不想做那四體不勤、五穀不分的窮酸書生。

正是因為我讀的書多，就越發知道勞動的重要性。

你們來這兒，一定是有求於我吧？

嗯

也罷，能通過「擴寫」和「縮寫」的考驗，足見你們一定是東寫、西讀兩位老弟培養出來的得意弟子。我想，我可以把「易筋經」傳授給你們了！

易筋經？那不是傳說中能夠讓人脫胎換骨的絕世神功嗎？

不錯！這的確是一套絕世神功。若是練成了，它會讓你進入武學的新境界！不過，在作文江湖裏，脫胎換骨的不是人，而是作文。這套「易筋經」，又名「改寫經」。看好了！

哈！

說話間，破萬卷老先生以身旁的鋤頭作筆，以田地為紙，在地上寫下了密密麻麻的幾段文字。

三位小夥伴看得目瞪口呆。然而對於這些新鮮奇特的寫法，他們突然有些手足無措。

請將這篇劇本《半截蠟燭》改寫成一篇記敘文。

請把這篇《唯一的聽眾》從第一人稱改寫成第三人稱。

請將這篇倒敘的《燕子專列》改為順敘。

破萬卷老先生身形一閃，來到小可樂的身後，用雙掌抵住小可樂的背。小可樂的全身瞬間被一股暖流一擊，不由自主地伸出雙手抵住了至尊飽的背。至尊飽如法炮製，也抵住油菜花的背。

不用怕，老夫今日就把「易筋經」的祕訣通過真氣傳輸的方式傳授給你們。

淘湧的內力湧進三位年輕人的筋脈，少年們精神一振，猶如醍醐灌頂，腦海中立馬湧現出了這三道題的破解之法。

啊！我明白了。第一道題改寫，改的是體裁！

小可樂抽出了他那柄龍頭劍，開始在另外一塊田上施展劍法，作答起來。

我也理解啦！第二道題改寫，改變的是人稱！

至尊飽第二個覺醒，也在一塊地面上開始施展起自己的功夫。

我也懂了。最後一道題，改變的是順序和寫法！

油菜花迅速拔出了她的鳳尾刀，手舞足蹈地寫了起來。

不到一炷香的時間，三人都已作答完畢！

田地上，整齊地書寫了他們三個人用作文功夫寫下的文章。破萬卷老先生一一審閱過去。

很好！你們已經完全掌握了「易筋經」的精要。現在的你們，就像這三篇文章，已經徹底脫胎換骨了！

祕笈點撥

改寫，是一種訓練寫作能力的寫法。不同的改寫，改變的內容是不一樣的，改變體裁、改變人稱、改變寫作順序……在改寫時，一定要注意以下兩點：

1. 認真審題。

看清楚題目要求，需要我們改變的是甚麼。比如，《在牛肚子裏旅行》這篇童話，如果改變人稱，從紅頭的視角來寫，可以改成：今天，青頭叫我一起玩捉迷藏，我答應了。我先藏，牠來找我。為了不被發現，我藏在草堆裏不作聲。誰知，卻被一頭牛吃進了肚子裏……

2. 抓住重點。

改寫文章時，重點部分要詳寫，其他部分可以適當略寫。若要改寫《在牛肚子裏旅行》，重點當然是紅頭「旅行」的過程了。你可以寫：我拚命地喊救命，希望獲得幫助。青頭聽見我的聲音，急忙問我在哪兒。此時的我已經被嚇破了膽，斷斷續續地吐出幾個字：「我被牛吃了……正在牠的嘴裏……救命啊！救命啊！」

用武之地

少俠，這可是令全武林都夢寐以求的「易筋經」啊！學會了之後，你就能夠脫胎換骨了。快快來修煉吧！

請試着從文中出現的三個改寫題目中選一個完成，並自己學會出題，寫在下方。

_____

_____

_____

_____

_____

_____

_____

_____

_____

_____

_____

_____

_____

第八十四回

舊瓶新酒換乾坤

仿寫：形式不變內容變

學這乾坤大挪移，像倒新酒入舊瓶。
形式內容哪個變？仿寫改寫要分明。

　　中國著名歷史學家、教育家、社會活動家周谷城曾說：「模仿不是創作，但創作不能沒有模仿。」正是因為有了模仿，李白才寫出了「牀前明月光，疑是地上霜。舉頭望明月，低頭思故鄉」的名句，後來成為千古垂名的詩仙；正是因為有了模仿，魯迅開啟了中國第一篇白話小說《狂人日記》，後來成為影響深遠的文學家和思想家。「仿」的左邊有個「人」，這是指作者，右邊有「方」，這是寫作文的一個「配方」，是從範文中提取精髓的一種寫作方法、技巧。它們既融為一體，又保持自己的鮮明特徵。

他們知道破萬卷老先生將畢生的功力都傳授給了他們，連忙跪地拜謝，以師禮敬之。

起來吧！

不用謝我，我們上一代人已經不問世事了，維護作文江湖和平的重任就落在了你們的肩上。所有學過的作文功夫，你們都要好好地運用。

我的老哥們兒——如有神，就在那家酒館裏等着你們呢，快去吧！

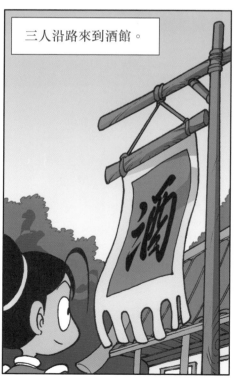

三人沿路來到酒館。

好濃的酒香啊。

歡迎你們，三位年輕人。

既然破萬卷老先生能夠做一名農夫，那麼如有神前輩是一個小酒館的老闆也就不足為奇了。

聰明伶俐，一點就通。看來，破萬卷已經把「易筋經」傳授給你們了吧？

我這裏也有一套神功，叫「乾坤大挪移」，又名「仿寫功」！

可是與他的那套「改寫經」齊名於江湖的絕世神功哦！

哇，好厲害，我們都要學！

想學是吧？好！

上酒！

如有神老前輩，我們還是未成年人，不能喝酒呀！

哈哈哈，我不是要讓你們喝酒，而是要讓你們來辨認一下這些美酒。

這是一罈上等的女兒紅。你們看，酒罈子上還有一篇文章呢。

《薄翅舞者》

我再一次看到了牠，美得讓人驚艷，我看着牠穿過稀疏的蘆葦叢、清澈見底的湖、蔚藍深遠的天和那玉立在湖邊含苞待放的花骨朵兒。粉嫩嫩的荷花上迎來了第一位「舞者」── 蜻蜓。綠寶石般的大眼，不緊不慢地仰望。輕薄的翅膀，中間一絲絲精細不一的黑線若隱若現，像一套蕾絲底邊的舞裙。纖細的腰，指骨分明，給美又加了一層面紗。六隻小腿有規律地站在花瓣上，輕微地震動，水珠調皮地伸了懶腰，滾落湖面，濺起一片水花。

《花衣運動員》

一轉眼，這一罈酒已經裝滿了。

我再一次看到了牠，活潑得讓人喜愛，只見牠跑過筆直的桌腳、低矮的花盆、光溜溜的大理石瓷磚地板還有客廳裏那毛茸茸的地毯。我的家裏迎來了全家的第一位「運動員」──小貓「球球」。綠寶石般的大眼睛漫不經心地掃視着。黑白邊的花紋中間，一條條粗細不一的褐色條紋若隱若現，像一套色彩簡約的運動服。柔軟的腰呈流線型，一看就是訓練有素。四條長腿沒有聲音地走在地板上。牠的耳朵警惕地動來動去，彷彿一有「發令槍響」便會立即飛奔而去。

三人再湊上前去一看，只見酒罈上的那篇文章已經變了。

我明白了！這「乾坤大挪移」所換的其實是內容。仿寫，不變的是形式，改變的是內容，就好像舊瓶裝新酒。這與改寫剛好相對應。

呼嚕──

好酒……

前輩的酒量不太行呀……

就這樣，三位小夥伴在「武林桃源」的「得吾山」「惜也谷」裏得到了破萬卷和如有神兩位「武林神話」的真傳，學會了「易筋經」和「乾坤大挪移」兩大神功。

祕笈點撥

　　仿寫，是與改寫相對應的一種寫作形式。仿寫，改變的是文章的內容，不變的是形式。

　　我們仿寫時，需要保留句子的結構和形式，而替換其中的內容。

用武之地

　　少俠，你是何其幸運啊，先學會了武林至寶「易筋經」，現在又習得天下絕學「乾坤大挪移」，仿寫在左手，改寫在右手，天下寫法盡在掌握。

　　請試着仿寫一篇你正在學習的課文，做到形神兼備。

_____

_____

_____

_____

_____

_____

第八十五回

牽繩拉索越大漠

續寫：抓緊「中心繩」不放鬆

莫懼續寫流沙陣，緊抓寫作中心繩。
保持中心永不變，任其鯉魚躍龍門。

　　古時候，一位青年非常苦惱，他的父親不幸去世，給他留了一家酒肆，讓他繼承，只是他從來不喝酒，也不知道如何讓將酒肆的生意繼續下去，整天愁眉苦臉、不知所措。一天，一位好心的老人路過，在他的手心寫下了兩個字「繼承」，隨後在耳邊低語了幾句：「繼，意味着繼續，承，意味着傳承。有所傳承，才不至於過分地迷失和繞圈子走老路，有所區別，才會有發展。」青年恍然大悟。其實，續寫，就是對前文的一種繼承。緊緊圍繞着文章的中心繼續寫，不要偏離，在符合邏輯的前提下加入自己一些精巧的構思，就會成功！

小可樂三人回到了作文派，作文江湖各名門正派的精英都已經在此處聚集。經過這一段時間的刻苦修行，大家都做好了向烏龍教發起總攻的準備。

正派大軍一路跋山涉水，過關斬將，消滅了不少在路上阻攔的蝦兵蟹將。

很快便來到了烏龍教總壇所在的西域大漠邊緣。

呼一！

這片大漠是烏龍教倚仗天險，設下的最後一道防線，他們佈下了一道「續寫流沙陣」，大家想想該怎樣通過吧。

這「續寫流沙陣」有何神奇之處？

想要通過，就必須用續寫的方式讓一篇故事延續下去。誰要是寫不下來，便會陷入流沙裏。

此言一出，眾人皆譁然，都覺得這片大漠還真是一道難關。

我想到一個辦法。

少俠不妨說一說？

最近，我先是跟着相心山莊的白日夢老莊主修行，領悟了「萬相由心」的真諦，又得到破萬卷和如有神兩位老前輩的真傳。

我深刻地明白了一個道理 —— 任何作文不論寫法怎麼變，最重要的就是要保持中心不變。我想，續寫也是同樣一個道理。

所以，我想到一個辦法 —— 可以把所有的繩索都連接起來，續成一根超長的繩索，然後再以這根繩索為中心，讓所有的人都牽着它前行。

這一路上，只要緊緊抓住這根繩索，保持着文章的中心思想不變，我們就可以不停地把一篇故事續寫下去。

好主意！這樣一來，即便有人不小心偏離了中心，我們也能夠及時把他拉回到正軌。

事不宜遲，大家繫上繩子，變成了一根極長的「中心繩」。小可樂當先鋒。練出了一篇《龜兔賽跑》的續寫。

龜兔第二次賽跑

龜兔第一次賽跑之後，兔子十分不服氣。牠痛定思痛，決定吸取上一次過於輕敵大意的教訓，向烏龜再次發起了挑戰。龜兔第二次賽跑開始了。

這一回，烏龜心裏想，兔子上回都輸給我了，這一次我贏定了，於是牠便如法炮製，依然像上次一樣優哉遊哉地往前爬。

爬呀爬呀，當跑到終點的時候，牠卻發現前來圍觀比賽的人羣早已經散了，而兔子頭上戴着桂冠，脖子上掛着金牌，手上捧着鮮花，正從領獎台上走下來。烏龜大驚失色，叫道：「怎麼會這樣？」

兔子笑道：「我吸取了上一次的教訓，這一回不再睡懶覺了。我本來實力就遠勝於你，獲勝自然就理所當然。而你卻重複了我之前的錯誤，過於輕敵大意。再加上你的實力本身就不如我，如果再不努力的話，失敗當然是必然的事情啊！」烏龜聽完，懊悔不已。

用上了這一套功夫之後，小可樂感覺到沙地非常堅實。

接下來，排在第二位的至尊飽又續寫了《龜兔第三次賽跑》。

阿飽。

這一回，烏龜和兔子二人在路上都遇到了一些障礙。兔子抱着烏龜跳過了一條難以跨越的山澗……來到一條湍急的河流前，烏龜又馱着兔子渡河……最終牠們兩個共同獲得了冠軍 —— 友誼第一，比賽第二。

就這樣，武林正派人士緊緊地抓住手中的「中心繩」，始終謹記延續原文的中心，永不偏離，一個接一個地把故事續寫下去，終於成功穿越大漠，破解了「續寫流沙陣」。

祕笈點撥

　　任何作文，不論寫法怎麼變，最重要的就是要保持中心不變。續寫也是同樣的道理。續寫故事的方法如下：

　　1. 抓住原文中心。

　　續寫時，一定要注意保留原文的中心思想、價值觀，尊重原文人物性格。

　　在《總也倒不了的老屋》一文中，老屋很善良、慈祥、樂於助人。我們續寫的時候，就可以設計老屋又遇到需要幫助的小動物的情節 ——

　　老屋彎下腰，雙眼眯成了一條縫：「哦，是小螞蟻啊！好吧，我就再站幾天。」

　　2. 展開合理想像。

　　續寫時，想像要合理，前後銜接要自然。

　　《總也倒不了的老屋》中，每一個小動物出現時，都向老屋尋求幫助，阻止老屋倒下。續寫時，我們也可以用上這樣的方法：

　　送走了小蜘蛛，老屋說：「這次，我終於可以倒下了！」

　　「等等，老屋！」空氣中飄來細微的聲音，「你能不能再站一會兒，我想要找個地方過冬。」

| 用武之地 |

少俠，小可樂、至尊飽和油菜花的故事已經快要進入尾聲了，相信你一定也是意猶未盡吧。要不，你也來續寫一下？

請將你續寫的一些想法寫在下方，試着為這套書編寫續集。

_____

_____

_____

_____

_____

_____

_____

_____

_____

_____

_____

_____

_____

第八十六回

迷宮機關殘局補

補寫：立足線索，推理演繹

有頭有尾缺中間，砍頭去尾少兩邊。
不論殘局怎麼變，合理推斷是重點。

　　你愛看偵探小說嗎？對於偵探來說，想要獲得真相，就必須得抓住線索，通過推理演繹順藤摸瓜。對殘缺的文章進行補寫，很多時候就像偵探破案一樣，線索和推理缺一不可。無論已有的部分是開頭、中間，還是結尾，其中一定會隱藏着一些線索，可以依據這些線索，結合生活經驗進行演繹，由此推理出未知部分的情節。你看，補寫是不是像做偵探一般，充滿了趣味！

小可樂與武林正道人士合圍猛攻殺進了烏龍教總壇——烏龍城。

烏龍教的頭目「四大天王」怎麼不見了？

奇怪，這羣魔頭躲到哪裏去了？

大家仔細找一找，這裏一定有他們逃生的密道。

大家在大廳的牆後找到了一條暗道。

找到啦！在這兒，大家快來！

大家一窩蜂地湧進了密道，都想要將烏龍教的幾個壞蛋繩之以法。然而走了沒多久，眼前就出現了一個岔道。

這可怎麼辦？

沒事，我們分頭追！

唐三百帶着弟子進入岔道。

小可樂等人沿主路前行，不多時，又出現一條岔路。

狡兔三窟呀！

又走了沒多久，這回竟然出現了一個三岔口，面前還有一座石台，標着有些奇怪的圖案。眾人頓時駐足不前，都覺得此事有些蹊蹺。

小可樂，等一下！

剛才那兩條路都是死胡同。不過，我們找到了這個。

是小半塊羊皮卷，上面都有一些殘缺的文字。第一塊羊皮卷寫的是——直到今天，每當我回想起那一天發生的事情，還是會羞愧難當，悔恨不已。

第二塊羊皮卷上寫的是——今天這件事給我留下了深刻的教訓。我明白了，做錯了事情就不要找藉口推卸，要勇於承認錯誤。從此以後，我不敢再隨便撒謊了。

啊！這是有名的「補寫殘局」。這兩張羊皮卷應該就是打開石台、找出真路的鑰匙。

眼前的這一局，一張是開頭，一張是結尾，只有填入合適的中間段落，才能解開此局。

這一局缺的是「肚子」，那就由我來破吧！

至尊飽將兩張羊皮卷鑲嵌在石頭上，用內力在石台上補寫了一段完整的事例，寫的是他之前在家不小心打碎了花瓶但又不敢承認的故事。

此文寫完，石台轟然下降，將右邊的兩個門洞堵住了，多出來的這面牆上，現出了一個「悔」字。

太好了，找出真路了！我們繼續追！

據我所知，像這樣的「補寫殘局」多是連環機關。這間地下迷宮裏應該會有十八道。除了像剛才那種有頭有尾缺中間的謎題之外，有的是有開頭、中間，但缺少結尾；有的是有中間、結尾，但缺少開頭；還有的甚至是砍頭去尾型的補寫題。

大家遇到這些題目時，千萬要小心！

只要我們抓住補寫的關鍵──依照已知的部分，合理推斷出殘缺部分，那麼任何殘局都能迎刃而解。

果然，面對後面的「甜」「苦」「樂」「變」等「補寫殘局」，大家通力合作，輪流出招，最終都一一破解。

第十八關告破時，石門洞開，現出了烏龍教最後的密室。

各位大俠饒命，請放我們一條生路，我們烏龍教再也不敢禍亂江湖了。

自此，烏龍教被一網打盡，短期之內難以死灰復燃，作文江湖也恢復了往日的平靜。小可樂一行人完成了他們的使命。

祕笈點撥

　　補寫，也是一種寫作訓練方法。不管是補開頭、補中間還是補結尾，都要依照已知部分，合理推斷殘缺部分。

　　比如我們都很熟悉的《狐狸和烏鴉的故事》中，在誘騙烏鴉開口的時候，狐狸可能想甚麼？我們根據狐狸很狡猾的特點，可以這麼補充：狐狸心想，聽説烏鴉很虛榮，不如我誇誇牠，説牠的聲音好聽，請牠唱一曲。這樣一來，牠只要一張嘴，嘴裏的肉不就掉下來了嗎？

用武之地

　　少俠，這個「補寫殘局」看似玄妙，其實只要掌握了規律，一點兒也不難。烏龍教地下迷宮裏還留下了一道這樣的殘局，請少俠破之。

　　直到今天，每當我回想起那一天發生的事情，還是會露出會心的微笑。

　　……

今天這件事，讓我明白了一個道理：世界上最溫暖的事情，不是冬天裏的暖陽，而是人與人之間真誠的關心與幫助。

第八十七回

武林大會當盟主

好的文章是改出來的

學習作文當匠人，刻苦鑽研好精神。
一修大師釋法號，多改才是真法門。

　　人們常說，好文章是改出來的。所謂「詩文不厭改，佳作出苦心」是也。當年，曹雪芹寫《紅樓夢》時，在「悼紅軒」中對原稿「披閱十載」「增刪五次」後才定稿。托爾斯泰《戰爭與和平》的寫作時間達五年之久，在這五年裏，他重寫八遍，謄抄了七遍。高爾基說：「托爾斯泰把本書的校樣看到七次之多，而且每次都是改得差不多等於完全重寫。」巴金也曾經明確而堅定地表示：「我願意做一個『寫到死，改到死』的作家。」無數成就卓著的寫作者的創作實踐都證明，好文章是改出來的。所以，寫完文章以後一定要修改，開始改，才是向好文邁進的第一步。

剿滅烏龍教後，眾英雄回到華山，召開了第二次武林大會。除了慶祝戰勝烏龍教之外，還有一個重要目的——選出一位年輕有為的少年英雄來擔任武林盟主。

在場眾人互相凝視了一番。

大家不約而同地把手指向了小可樂，一致推選他來擔任新一任的武林盟主，統領作文江湖。

小可樂對此受寵若驚，甚至有些難以置信。當初，他還沒有來到作文江湖之前，在學校裏讀書的時候最怕最怕的就是寫作文。那時候的他一看到大熊老師在黑板上佈置作文作業，就忍不住抓耳撓腮，頭皮發麻。他之所以得到了一個「小可樂」的綽號，正是因為他寫出來的作文都十分可樂，讓人忍俊不禁。而到了今天，他居然成為眾人交口稱讚的「作文大俠」。如此巨大的轉變，令小可樂感覺自己彷彿是在做夢一般。

大師兄，也是我的好兄弟，小可樂。你也許沒有發現，在與你共同學習《作文神功》的這一路上，你已經獲得了很多的進步和成長，也給我帶來了長足的影響和幫助。

謝謝你，讓我從原來的不敢寫作文、不會寫作文，到今天已經愛上寫作文，也幾乎掌握了大部分作文功夫，這可是一段令人終生難忘又難能可貴的經歷。

大師兄，我原本不是很服氣。在學校裏的時候，我的作文原本就比你要優秀得多。

剛來作文江湖的時候，我一直在暗中跟你較勁，心想：我怎麼能成為你的小師妹呢？可隨着後來在一起練功修行、闖蕩江湖的日子越來越多，我越發地感受到你身上有一種值得我學習的精神。

正是這種精神，讓你在寫作的道路上越走越遠，慢慢地超過了我。我也從一開始的不服氣，逐漸轉變成了對你的認同與敬佩。所以，大師兄，我也想推選你擔任武林盟主。

眾人紛紛站了出來，說出了自己推選小可樂擔任武林盟主的理由。少林寫人派的如動、如來等小師父對小可樂大破十八銅人陣表示欽佩。

武當敍事派的高徒包打聽和看山、觀海兩位道長，對小可樂能夠領悟敍事功夫中的「天之道」而豎起了大拇指。

峨眉寫景派的肖遙、唐三百、華小仙等人，也對小可樂在率隊大破烏龍教「說明八陣圖」時的表現交口稱讚。

丐幫狀物派的萬花筒、「神嘴」馬優、「歲寒三友」等人，也為小可樂在最後總攻烏龍教時展現出來的智慧和勇氣熱烈鼓掌。

謹聽大師教誨！

小可樂看着眾人如此推崇自己，心裏既高興，又有些激動和緊張。

小可樂施主，看來由你當選新一屆的武林盟主是眾望所歸。你能夠走到今天，雖然也離不開大家對你的幫助，但這更是你自己努力的結果！今日，你榮登武林盟主之位，老衲有一句話要贈予你。

眾所周知，老衲之所以名為「一修」大師，正是因為我相信魯迅先生說過的一句話：好的作文並不是寫出來的，而是修改出來的。

所以，我們除了要會寫作文，還要學會修改作文。每次寫完之後，不要輕易地將作文丟到一旁，一定要記得將它從頭到尾再認認真真地讀一遍，修改一遍。

如果可以，甚至還可以一改再改，改到自己滿意為止。這，既是老衲法號的由來，也是練好作文神功的不二法門。

我明白了！大家之所以願意推選我為武林盟主，其實正是看中了我身上有這樣一股精神——在學習和修煉作文功夫的道路上，能夠堅持不懈，鍥而不捨，永不放棄；能夠不斷鑽研，而且擁有匠人一般不斷修改、精益求精的執着精神。

只有這樣，才能成為真正的作文大俠！

在眾英雄俠客的熱烈掌聲中，小可樂成為作文江湖裏的新任武林盟主。

| 祕笈點撥 |

　　要想寫好作文，除了堅持不懈，還要勤於修改。魯迅先生說：好的文章並不是寫出來的，而是修改出來的。修改作文時，要先將文章認真通讀一遍，這才能把握全文，找到新發現。

　　你可以運用添加、刪減、調換等修改符號，把文章改通順。

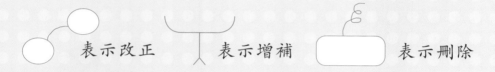

表示改正　　　　　表示增補　　　　　　表示刪除

　　記得，修改不是一步到位的。每一次讀自己的文章，都可能有新的發現，你可以一改再改，改到自己滿意為止。

| 用武之地 |

　　少俠，在你的「作文江湖」裏，你是否也成了一代「作文大俠」，當上「武林盟主」了呢？回顧這段精彩紛呈的作文旅程，你一定有很多話想說吧？

　　請試寫出你在跟着本書學習「作文神功」過程中的心路歷程。

_____

_____

_____

_____

_____

_____

_____

_____

_____

_____

_____

_____

_____

_____

_____

_____

第八十八回

功成身退隱江湖

東寫西讀，相伴一生

作文指路有明燈，東寫西讀伴一生。
江湖風雲無寧日，握筆在手我為尊。

「讀書破萬卷，下筆如有神」，這句話是閱讀與寫作關係的最有力證明。閱讀是一個信息的輸入過程，寫作是一個信息的輸出過程，它們之間是相對獨立又密切關聯的。沒有閱讀就沒有寫作，閱讀是寫作的基礎，而寫作的素材往往又來源於閱讀中的間接感受。正如語文教育家葉聖陶先生說過：「閱讀是吸收，寫作是傾吐，傾吐能否合乎法度，顯然與吸收有密切聯繫。」魯迅先生也曾說過，自己的作品大都仰仗於先前讀過的百來篇外國作品和一點醫學上的知識。因此，邊讀邊寫，才是提高寫作水平的最佳祕訣。

成為武林盟主的小可樂，閉關修煉，將這段日子所學的功夫全部編寫成一套全新的《作文神功》。他要為作文江湖的後人留下這套祕笈。

小可樂，你在作文江湖的使命已經完成了。你不但消滅了烏龍教，而且還留下了寶貴的《作文神功》祕笈，真的已經非常棒了！

好事，這是好事。你學有所成，功成身退。師父完全支持你！

儘管作文江湖是如此光怪陸離、新奇有趣，但甚麼都比不上自己的家來得溫暖。

於是，小可樂出關的第二天，就找到了東寫、西讀兩位師父，表示自己想要退隱江湖，回到現實世界。

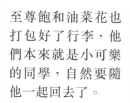

至尊飽和油菜花也打包好了行李，他們本來就是小可樂的同學，自然要隨他一起回去了。

臨走前，三位小夥伴召開了「退隱大會」，江湖上各路朋友們都來了。少林寫人派、武當敍事派、峨眉寫景派、丐幫狀物派、相心山莊……

各門各派的前輩和朋友都來和作文派三俠道別，甚至連隱居在武林桃源裏的破萬卷和如有神兩位老前輩也來到了大會的現場。

在修煉作文功夫的道路上，我獲得了太多人的幫助。要是沒有你們鼎力相助，我絕對無法學成作文神功，也絕對沒法當上作文大俠。

學習寫作，應該多向前輩和同齡的好手求教，只有用心學習，勤學好問，堅持不懈，才有成功的一天。

在小可樂三人向大家鞠躬致謝後，大會在掌聲中結束了。

東寫、西讀帶着三位小夥伴來到了後山，只要進入圓陣，就能讓三人回到現實世界。

小可樂感覺，就像是回到六年級畢業的時候，與同學、老師分別時的那種依依不捨一樣。

東寫師父！

西讀師父！

傻孩子，我們不會離開你們的。你們以為，回到現實世界以後，我們倆就不在了嗎？不是的。

只要你們再一次拿起筆，我東寫師父就會在你們的身邊看着你們。你們要記住每一個我教給你們的寫作方法，可別忘了在「勤寫閣」裏學作文功夫的日子呀。

不錯，別哭哭啼啼的了。我們從來沒有離開過你們，以前不會，以後也不會。只要打開書本，師父就會陪着你們一起讀書了。記住我曾經在「多讀軒」裏告訴過你們的每一句話。

讀和寫，可是要與你們相伴一生的兩樣東西。東寫、西讀，永遠不會離開你們。

是啊,東寫、西讀師父,將是我們在未來的成長道路上永遠的師父。

就這樣,小可樂、至尊飽和油菜花回到了現實世界。

哼,你們等着吧,我們烏龍教一定會捲土重來的!

只要這世上還有小朋友在學寫作文,這作文江湖裏精彩的正邪交鋒就會永遠地繼續下去……

祕笈點撥

在學習寫作的道路上，我們會獲得老師、同學等人的幫助。其中，對我們幫助最大的兩位「老師」，就是我們要堅持一生的讀和寫。我們可以通過以下兩種方式，不斷提高寫作功力：

1. 邊讀邊寫 —— 做批註

在閱讀時，把自己的所思所想寫在書頁中，是提升讀寫能力的好方法。

2. 讀後寫感受 —— 讀後感

在閱讀之後，可以及時寫下自己的感受，這就是簡單的讀後感了。

用武之地

少俠，人在江湖，身不由己。進入江湖容易，退出江湖很難。我們的這片「作文江湖」，你從來就不曾離去。未來，你一定還會在你的「作文江湖」裏遇見新的敵人、碰到新的難關。這個精彩的故事也會永遠繼續下去……

請試寫出你對「作文江湖」未來的期待與想像。我們期待來日江湖再見！